Lieder der Griechen

Wilhelm Waiblinger

... OA paides Ellhnon ite,
Eleyteroyte patridA, eleyteroyte de
Paidas, gynaikas, teon te patroon edh,
Thkas te progonon nyn yper panton agon.

Aeschylos.

Elegie

Heiteres Jugendland mit deinen Meeren und Inseln,
Sey mir gegrüßt! Nach dir sehnt sich das weinende Herz!
Schönes hab' ich geträumt, und mit liebendem Sinne gebildet,
Aber die Träume floh'n, ach! und ich ward nicht gestillt:
Ewig strebet das Herz und heiß aus den zwängenden Schranken,
Weil es da leider nicht fand, was es so glühend gesucht.
Weiter und weiter strebt's und drängt' es im schwellenden Busen;
Ach! wie so innig und warm sehnst du verlangend dich fort!
Drüben da hebt sich ein heiteres Land aus wallendem Meere,
Wie aus des Himmels Blau jugendlich Morgengewölk.
Lächelnd und grünend ruht es im Kuß der milderen Sonne;
Weicher entquillt der Natur drüben der mildere Geist.
Dunkel auf blumiger Höb' erhebet die Krone der Lorbeer,
Und die Lüfte wie lau, und das Gestade wie grün!
Dämmernd vermählen der Luft sich der blauenden Berge Gestalten;
Wie die Fernen im Hauch linderen Duftes erglühn!
Alles so reg' und alles so zart, in tieferer Fülle!
Hat er, der ewige Geist, liebender drüben verweilt?
Weiß, wie die Sonne, bekränzt sich am Ufer das lockige Mädchen,
Wo um das Myrrtengesträuch spielet der wogende Schwan.
Stolz, wie die Säule sich thürmt, das gewaltige Denkmal der Vorzeit,
Stehet der Jüngling, von Kraft feurig den Busen geschwellt.
Ach! wie so sinnig das Bild, das entfaltete! Wird es noch werden?
Wird sich der Blume Pracht drängen aus hüllendem Keim?
Wiederkehrt es! Du ahnst es so tief! du verlangst es so ahnend!
Liebender Busen! es kehrt wieder die glückliche Zeit.

Lieder der Griechen

Das Mädchen auf dem Eurotas

Schwankend auf der Spiegelwelle
Tanzt der leichtbewegte Kahn:
Wie so freundlich, klar und helle!
Bald hinunter, bald hinan!
Wie die alte liebe Sonne
Nieder aus dem Aether quillt,
Und mit junger Lebenswonne
Den erwärmten Busen füllt!

Und die Lämmer, wie sie klettern
Um die vollen Hügel hin!
Unter grünen Lorbeerblättern
Zarte weiße Schwäne ziehn!
Und der Berge Duftgestalten
Wie mit weichem Liebes-Kuß
In der Ferne sich entfalten
Ueber'm blauen Königsfluß!

Ach! was ist's, das aus dem Laube
Sanft und mild herüberschwirrt,
Zärtlich, wie die Turteltaube,
Die aus grüner Myrrthe girrt?
Aus der Nähe, aus der Ferne,
Aus dem Schatten, aus dem Licht,
Wie die Bilder blasser Sterne,
Zum verwandten Herzen spricht?

Ach! die Arme kann's nicht sagen,
Wenn's auch tief im Busen wallt,
Und mit leisen Liebesklagen
Weinend durch die Seele hallt,
Wie des Windes stilles Fächeln,
Der um Zweig und Blatt sich regt,
Blumen, die im Thale lächeln,
Gräschen auf der Au' bewegt.

Nenn' ich es ein heilig Glühen,
Das an Wesen Wesen zwingt,
Und den Keim zum heitern Blühen,
Und das Kind zur Mutter bringt?
Ist's der Himmelslaut der Liebe,
Der das Innerste durchklingt,

Und mit namenlosem Triebe
Herz an Herz zusammenschlingt?

Was ich ahnte, was ich fühlte,
Noch als kaum entquoll'nes Kind,
Was mir meine Wangen kühlte,
Ach so oft und doch so lind!
Was mir zart, wie Mondlicht, webend
Oft ins nasse Auge kam,
Und wie Lindenblüthe, bebend
Durch den off'nen Busen schwamm,

Naht es nun mit leisem Wogen,
Stillt es nun mein weinend Herz?
Ach! ich ward so oft betrogen,
Und er ist so tief, mein Schmerz!
Und so glühend ist mein Sehnen!
Ahn' ich, ahn' ich deine Spur?
Ist mein Hoffen, ist's kein Wähnen,
Ew'ge heilige Natur?

Diese Ruhe, diese Stille!
Ja du bist es! Welche Lust!
Welche zarte Liebesfülle
An der warmen Mutterbrust!
Wie ein ausgehaucht Verlangen,
Liegt vor mir die volle Flur!
Daß ich könnte dich umfangen,
Ew'ge, heilige Natur!

Der Wanderer zu Athen

Wanderer.

Knabe, was streckt dort
Ueber's Gesträuch
Das graue Haupt empor?
Beweglos, kühn aufstrebend,
Starrt es in's Auge
Mit riesigen Formen.

Knabe.

Steige den Bergpfad,
Den krummgewund'nen,
Nur hinan!
Du wirst es sehn,
Staunen, Wanderer!

Wanderer.

Wohin ich blicke,
Alt vermorscht Gestein,
Ueber einander geworfen,
Gestürzte Säulen,
Regellos zu Schutt und Trümmer
Schaurig aufgehäuft,
Schwarze, gebrochne Reste,
Wildwechselnd gethürmt,
Aufragend in düster'm Grau.
Aus jungem, keimendem Gras.

Knabe.

Das all' hat
Gestürzt die Zeit!

Wanderer.

Blühender Griechenknabe,
Staunst auch du?
Wie stürzt allzerstörend
Menschenwerk
Deine Macht, Zeit,

Ewige Riesin!
Wie bebt donnernd
Im Kreise, was er baute
Der schaffende Mensch!
Drückst deine Spur
Jedem gefugten Stein,
Auflösend, verwüstend,
Allfurchtbar,
Ins graue Antlitz.

Knabe.

Schau', Wanderer,
Wie um den Architrav,
Sich krümmend, umwebend,
Die heitere Blume blüht!

Wanderer.

Ach! neben dem Tod,
Dem kalten Sohn
Der ewigen Zeit,
Regt, sich erneuend,
Keime drängend und wechselnd,
Wieder sich ein schwellend Leben.

Knabe.

Freue dich,
Finsterer Fremdling!
Oben sind wir!
Ach wie schön!

Wanderer.

Mich durchwallt
Tieferer Schauer.
Welcher Anblick!

Knabe.

Staunst, Fremdling?

Wanderer.

Wie der dorischen Säule
Alte Triglyphen

Grüne Laubranken
Schattend überwölben!
Und die morschen,
Epheuumwachsenen Dielenköpfe
Wie sie starren!
Welche Stille!
Nur der Wind
Regt leise schüttelnd und bewegend,
Um die öden Säulen,
Lispelnd die Lorbeerwipfel!
Schauriges Flüstern!

Knabe.

Hier an's durchbroch'ne
Graue Gemäuer tritt,
Sinnender Wand'rer!
Hinüber dringst du,
Durch's wankende Laub,
Ueber die Stadt
Drunten im Thale!
Dort der vollgrüne Berg
Mit der ragenden Säulenkrone,
Ist die Akropolis!
Und das Blaue
Drüber hinein,
Dort!
Ist das Meer!

Wanderer.

Welch' Gefühl,
Welch' ahnungsvolle Wonne
Drängt sich an dich,
Pochend Herz?
Fühlst du ihn wehen
Bangschauernd durch die Stille,
In Luft und Meer,
In Berg und Trümmern,
Durch der ewig sich erneuenden,
Stürzenden, schaffenden Natur
Unergründbare Tiefen,
Den allgeheimen,
Unsichtbar-liebend wirkenden,
Wechellosen Geist?

10/33

Knabe.

Wie ist dir?
Faltest die Hände!

Wanderer.

Allbegründender!
Deines Wesens
Ewige, füllende Liebeswonne,
Dein Ruhen und Schaffen
In allem
Durchglüht im Ahnungsdrang
Mein schwellend Herz.
Wie aus uralt-gesturztem
Prachtgestein jung Gras sproßt,
Treib aus des Griechen
Dumpf-starrender Verwesung
Heilig-glühend Leben!
Daß er kenne
Sich und dich,
Wieder dringe
Zu dir!

Wie aus des Chaos
Wild-kochendem Wirbel,
Deine Sonnen,
Ewiger Geist,
In Riesenformen gestaltet,
Jungkräftig, lauter,
Sich scheiden und sondern,
Steige die alte Freyheit
Wieder aus der Nacht,
Des Menschen Braut,
Die ihm bringt
Ewige Kinder!

Knabe.

Der Knabe und die Mutter

Knabe.

Mutter, wo der Vater?

Mutter.

Glücklicher Knabe,
Der du lächelnd träumest,
Wonneworte lallest,
Nicht denkst, daß wir
Bald entwandern dem Lande,
Das all' uns wiegt,
Dich, mich, den Vater,
All' uns nährte,
Wie ich dich!

Knabe.

Ach Mutter, wo der Vater?

Mutter.

Hinaus,
Mit wilder Wehr,
Mit Lanz und Schwerdt,
Dem Feind entgegen!
Hinaus!
Weit über die Berge,
Die steilen, felsumthürmten,
In die Ebene,
Wo du nie warst, Knabe,
Da ist der Feind,
Da ist der Vater!

Knabe.

Und bringt er Blumen
Aus den Thälern,
Wenn er wiederkehrt,
Bringt er mir?

Mutter.

Nein! Knabe!
Hinabgestiegen von den Felsen
Ist der Vater,
Nicht zum Fest
Im grünen Eurotasthale,
Blumen dir zu bringen,
Mit wilder Kampflust
Schwerdt und Dolch zückend,
Der Hohe!
Flecht' ihm
Aus Lorbeerreisern
Und weißen Rosen
Einen Kranz!
Des Vaters Kampf
Ist hart!

Knabe.

Ich thu's!
Wind' ihm den Kranz
Um die Locken, wenn er kehrt,
Küß' ihn!
Ach Mutter,
Bist böse?

Mutter.

Komm' in meine Arme!
Weine nicht!
Wie dieser Busen
Einst dich nährte,
Nähre Gott dich,
Der Allliebende,
Denn ich kann's nicht!

Knabe.

Eine Thräne bebt dir
Im düstern Auge,
Finstere Mutter!

Mutter.

Dort an der Linde!
Bringe mir das Schwerdt!

Aus den Bergen
Wandeln wir hinab!
Das Kind am Busen,
Kämpft die Spartermutter,
Verzweifelt.

Knabe.

Dort nah'n sie!
Mutter!

Mutter.

Armer, die Männer!

Knabe.

Hörst du's dröhnen und krachen?
Wie die Flamme schlägt
Aus dem Hause!
Flieh!

Mutter.

Komm!
In meine Arme!

Knabe.

Schreckliche!
Wie deine Locken wirbeln
Im Winde!

Mutter.

Fort!
Und nun schütze,
Schütze die Verzweifelten,
Deine Waisen,
Gott!

Wechselgesang

Alles Volk der Griechen hebe
Hand und Herz zu Gott empor!
Grieche räche, Türke bebe!
Kühne Stärke, brich hervor!
Geist der Freiheit! steige nieder,
Du der alles wirkt und schafft!
In die Herzen kehre wieder,
Alte, stolze Riesenkraft!

Chor der Jünglinge.

Wie die junge Terebinthe
Hoch auf grünem Hügel blüht,
Schreiten wir durch Wies' und Gründe,
Weil in uns die Stärke glüht:
Ohne Schwanken, ohne Bleiben
Eilen wir durch's Leben hin:
Ueberall ein reges Treiben!
Ueberall ein starker Sinn!

Chor der Mädchen.

Wie die reine zarte Quelle
Durch die Blumenufer wankt,
Wiegt uns sanft die Lebenswelle:
Keine weinet, keine krankt!
Und des Jünglings Stirne kröne
Uns're Hand in Liebeslust!
Und du liegest, holde Schöne,
Lächelnd an der Stärke Brust!

Chor der Männer.

Schwimmt die schöne heit're Jugend
Wie die Wolk' im Morgengold,
Uebt der Mann die Kraft und Tugend,
Regelt, was die Liebe zollt!
Stark und thätig, nichts versäumend,
Lenkt er ernst und schützt und schirmt,
Wenn im Sturm auch, donnernd, bäumend,

Sich auf Woge Woge thürmt.

Chor der Weiber.

Und am keuschen Busen nähren
Liebend wir das holde Kind:
Mag der Mann dem Sturme wehren,
Wirken, daß er viel gewint:
Weich, wie Kuß und Blume, leiten
Wir den Stürmenden zur Ruh':
Aus den Fernen, aus den Weiten
Führen wir den Schranken zu.

Chor der Greise.

Und wie über'm jungen Thale
Alte weiße Bergeshöh'n
In der Sonne heiter'm Strahle
Ruhig – mild zum Himmel seh'n,
Heben die verklärten Augen
Ahnend wir ins Aetherblau,
Die wir nicht zur Erde taugen,
Gottes ausgequoll'ner Thau!

Alle.

Alles Volk der Griechen hebe
Hand und Herz zu Gott empor!
Grieche räche, Türke bebe!
Kühne Stärke brich hervor!
Geist der Freyheit! steige nieder,
Du der alles wirkt und schafft!
In die Herzen kehre wieder,
Alte stolze Riesenkraft!

Hymne

Es webt und waltet
Ueber den Wassern,
Ueber der Erde,
Ein unergründbarer,
Kaum geahnter,
Ewiger Geist
In Ruhe.

Ihn lobt die Blume,
Die zarte auf dem Hügel,
Ihn die Quelle, die klare,
Und kennt ihn nicht.

Ihn lobt der Mensch,
Der wunderbare
Aus der Umarmung
Des Ewigen und Endlichen
Entquoll'ne Sohn.
Lobt ihn im wallenden Licht
Der Morgensonne
Im bleichen Dämmern
Der stillen Mondnacht;
Im weichen Wehen
Bebender, flüsternder Blätter,
In allem Wogen, Drängen und Schwellen
Der ewigen Natur,
Seiner Tochter,
Lobet und erkennt ihn.

Er erkennt ihn, glaubt ihn
In seiner Fülle, seiner Ruhe,
Den durch sich selbst lebenden,
Ueber dem All ruhenden,
Alten, wandellosen Geist!

Und er beugt sein Haupt,
Das stolze, zum Himmel ragende,
Flicht um die Schläfe sich
Die tiefe zarte Demuth,
Die sinnige Viole,
Die ihn krönet.

Aber kühner blickt er auf,
Den Ew'gen in der Brust gewahrend.
Ihn trägt die Kraft,
Die gottentstammte,
Hinan zu ihm,

Wie eine Morgenwolke.
Er aber ruhet,
Der ewige Vater,
Der alles trägt,
Allliebend.
Nieder auf die Erde
Ströhmt sein Segen,
Reich wie seine Sonne;
Denn er liebt sie!
Hält die sein Entwöhnte
An den Vaterbusen
Mit allem,
Was auf ihr ist.

Ewig ruht er,
Der alte Vater,
Der alles trägt,
Allliebend.

Unten aber auf der Erde
Haust Zerstörung;
Da begegnen sich,
Blindwirtend,
Feindliche Kräfte,
Was in die Luft sich thürmte,
Fest und sicher,
Dem Ew'gen trotzend,
Das stürzet donnernd
Der Riesenarm der Zeit zu Boden,
Und um die grauen moos'gen Trümmer
Den alten, ungeformten Schutt,
Wandelt, wie ein Fremdling,
Der späte Enkel.

Hinaufgestoßen, hinabgestoßen,
In schwankender Bewegung,
Auf wiegender Woge,
Treibet das Lebensschiff;
Wellen und Winde
Fassen und heben und drehen und wirbeln
Endlos durch Strudel, an Buchten vorüber,
Weit in die Ferne das Irrende.

Alle Werke,
Die der Mensch schuf,
Sind nicht ewig.

Einst goß
Auf der Länder eines
Seiner ewigen Schöne
Unendliche Fülle
Der Herr.

Da regten Menschenhände
Allwirksam sich,
Und schufen, bauten, formten, thürmten,
Ohne Rast.
Lagen am Mutterbusen,
Die Schönen,
Deiner Natur!
Und vermaßen sich
Die Kühnen, stark zu seyn,
Allmächtiger,
Wie du!

O daß sie wären
Noch die alten
Götterfreunde!
Noch des Vaters
Busenkinder!
Weine, Seele,
Ueber sie!

Denn sie alle
Liegen in der Erde.
Ueber ihren Gräbern,
Wallt traurig flüsternd,
Wie ein schüchterner Geist,
Der Abendwind
Durch Lorbeerblätter,
Und der müde
Wanderer ruht,
Sinnend auf den Säulentrümmern,
Den alten, moosumwobnen,
Ueber den Gräbern;
Und du nah'st ihm,
Wie ein lächelnder Engel,
Holde Vergangenheit,
Und wie ein weinender,
Bittere Zukunft!

Hört ihr's beben?
Schrecken faßt

Alles!
Hohl dröhnt die alte
Mütterliche Erde,
Wankend in den Fugen:
Wolkenschauer
Decken den Mond,
Vorüberwandelnd:
Aufwallt das Meer,
Der starren Felswand kahle Rippen
Mit Schaum und Woge schlagend;
Furchtbar saust
Der heulende Windstoß
Durch geschüttelte, rauschende Wälder,
Und knarrend, mit gebroch'nem Aste,
Stürzt ausgewirbelt,
Hinab in jähes Felsgeklüfte,
Hinab!
Der schwarzen Eiche Riesenkrone!
Sturm und Wind faßt
Ast und Blätter,
Fels und Wogen:
Alles springt laut-
Donnernd von der
Alten Höhe,
Stürzt zerschmetternd;
Stimmen jammern,
Toben, seufzen,
Kräfte rasen,
Sich zermalmend,
Mann an Mann drängt
Sich zusammen,
Faßt sich tobend,
Mordet, mordet!
Qualm und Rauch und Flamm' und Staub,
Waffen und Eisen, Arm und Arm.
Und aus der Erde
Steigt ein Riese,
Berge reißend
Aus Grund und Wurzel,
Ueber den Nacken
Fliegende Haare schüttelnd,
Seine Stimme
Durch Wald und Thal,
Wie Donner, sendend,
Alle Wesen
Auf der Erde
Zertretend ohn' Erbarmen.

Und aus den Wettern
Hallt die Stimme:
Zittert, Menschen,
Zittert vor der Zwietracht Geist!
Und aus den Gräbern,
Steigen auf die Geister
Der Väter,
Finstere, große Gestalten,
Lange Schatten;
Wie Meeresbrausen
Donnert ihr Gesang:

Fleucht den Riesen!
Noch sind eure Berge,
Wie einst!
Noch sind eure Wasser,
Eure Thäler,
Wie einst!
Nur die Söhne der Berge,
Die Söhne der Thäler
Sind nicht
Wie einst!
Es wird der Mensch nur,
Was er soll,
Durch eig'ne Kraft!

Wirbelt hinan
Eure Geister
Zu ihrem Urquell,
Zu ihm,
Der webt und waltet,
Ueber den Wassern,
Ueber der Erde,
Ueber allem Bewegten.
Ein unergründbarer,
Kaum geahnter,
Ewiger Geist.

Das kann der Mensch nur,
Wenn er frey ist!
Werdet, Enkel,
Wie wir!

Auf der Erde
Herrscht ewiger Wechsel:
Ueber dem Wechselnden

Steht der Mensch,
Der Bleibende:
Denn so will's
Der ewige Vater,
Der alles trägt,
Allliebend.

Jüngling und Mädchen

Er.

Noch einmal, Liebe, komm in meine Arme;
Mich ruft das stolze Vaterland zum Streit;
Hinüber mit dem wilden Brüderschwarme!
Wir alle, Mädchen, sind dem Tod geweiht!
Laß ab von deinem Weinen, deinem Harme,
Den liebend dir dein weiches Herz gebeut:

Nur aus des Geistes altem Riesenstreben
Steigt siegend auf ein heilig junges Leben.

Sie.

Ach! tobend stürzt der Mann sich ins Getümmel:
Ihn wogt dahin die sturmbewegte Fluth;
Doch einsam fühlt das Weib nur ihren Himmel:
Im Herzen still bewahrt sie ihre Gluth
Dich stürzt der wilde Sinn ins Kampfgetümmel,
Zum Schlachtendrang dein kühner Feuermuth!
Doch, einsam in den alten, öden Mauern
Muß bang um dich die stille Jungfrau trauern.

Er.

Wie schwarz die Wolke von Gebirgesfirnen
Herunterstürzt mit ihrem Nebelgrau'n,
Und leuchtend dann die alten Riesenstirnen
Im jungen Morgenlicht zum Aether schau'n,
Und wie gebändigte Giganten, zürnen
Die Wolken, unten auf der Thäler Au'n;
So folgt dem Kampf die neue Siegesfeyer,
Und alles schau'n wir heiterer und freyer!

Sie.

Doch eh' am Morgen auf dem Wiesengrunde
Die junge Sonne quillend niederblickt,
Hat kalt und schaurig schon zur Nebelstunde
Der Wind den zarten Blumenkelch geknickt.
Dein Busen krankt an einer Todeswunde,
Die Braut hält dich an ihre Brust gedrückt:
Im letzten Kusse deckt sie deine Wangen
Mit ihrer Liebe heißem Gluthverlangen.

Er.

Wie aus der Höh', gleich tosenden Gewittern
Die Schneelawine donnernd niederwallt,
Und Steingeklüfte, Felsenrippen zittern,
Und Berg und Wiese dröhnend wiederhallt;
Und hundertjähr'ge Eichenkronen splittern,
Und alles weicht der stürmenden Gewalt,
So wird der Feind vor unserm Sturm sich neigen,
Und bebend seine stolzen Häupter beugen.

Sie.

Ach! schöner wär's, wenn wir am Ufer wallten;
An deinem Arm die weiche junge Braut!
Wann um der blassen Berge Glanzgestalten
Das weiße, milde Mondlicht niederthaut,
Und zarte Bilder sich dem Aug' entfalten,
Das weinend in die bleiche Ferne schaut,
Da stillte wieder sich dein wildes Sehnen,
Und ach! auch deines Mädchens heiße Thränen!

Er.

Leb' wohl! es läßt der gnäd'ge Gott uns siegen!
Leb' wohl; zum Kampfe fordert mich die Pflicht!
Leb' wohl; du Blasse! Liebe wird nicht trügen,
Aus Trümmern steigt der Freyheit Siegeslicht.

Sie.

Ach! lebe wohl! die Ahnung wird nicht lügen,
Die leise wogend aus dem Busen spricht!
Dein Mädchen giebt dir diesen Kuß zur Weihe,
Nimm ihn zum keuschen Siegel ihrer Treue!

Beyde.

Und wie die Morgensonne aus den Wellen
In reiner Schöne hoch empor sich hebt,
Und Licht und Fülle ströhmt aus tausend Quellen,
Und alles jung am Kuß der Mutter webt;
So wird der Friede segnend niederquellen,
Vom Morgenhauch des ew'gen Licht's durchbebt,
Und tief und heilig, wie zwey Opferflammen,
Schlingt Lieb' und Stärke wieder sich zusammen.

Die Jungfrau unter den Propyläen

Wie wunderbar umfängst mich
Allliebend,
Heiliges Licht?
Aus jungem Grün hebt
Dunkel-einsam, wie ein Geist,
Grau verwittert Gestein,
Säul' an Säule
Sich empor:
Webt um alte Wölbung
Weich-schwellend, umstrickend,
Wie ein lächelnd Kind
Um den ernsten Vater,
Liebend-innig Epheugeblätter,
Drängt hinan
Flüsternd zu alter Trümmer
Ehrwürdigen Gipfeln:
Und die Sonne faßt
Alllebend, umquillend,
Laubgrün, säulengrau,
Füllet alles,
Mit Liebe, mit Liebe!
Fort drängt mich's
Im schwellenden Busen!
Ach wohin?

Wie du weh'st
Auf luftiger Höh',
Um Wang' und Locken,
Lieblicher Wind!

Ahnest du, weinest du,
Liebend Herz?
Bist so lauter und mild
In deines Blau's
Unendlicher Fülle,
Heiterer Himmel!
Alleinig liebt und webt
Und treibt und keimt
Alles, deine Kinder alle,
Die dich schauen, lieben,
Heilige Sonne,
Auge des Himmels,

An der alten Erde
Keuschem, wärmendem Busen.

Du bist's! Du bist's!
Bildende! Liebende!
Fassest mich, ziehest mich
Ganz zu dir!

Hinüber!
Ueber das Hellgrün
Und graue Trümmer,
Ueber Berg und Meer,
Ueber die blauen Inseln!
Hinüber! hinüber!
Ach! verschwimmen
Ganz in dich,
Du heiterer Himmel!

Mädchen's Vaterlandslied

Du liebes theures Vaterland!
Was ich genoß und was ich fand,
Das dank' ich deiner Liebe!
Es liebt der Mann dich nicht allein:
Dir darf sich auch das Mädchen weih'n
Mit heilig-zartem Triebe.

Du liebes theures Vaterland!
Noch bist du an des Abgrunds Rand,
Noch trägst du Band und Ketten!
Ach hätt' ich Schwerdt und Lanzenschaft,
Ach hätt' ich Stärke, hätt' ich Kraft,
Wie wollt' ich dich erretten!

Du liebes theures Vaterland!
Mit meinem Muth, mit meiner Hand
Kann ich nicht für dich streiten.
Zu Hause sitz' und härm' ich mich,
Und weine manche Thrän' um dich!
Was hab' ich nicht zu leiden!

Du liebes theures Vaterland!
Ich trag' um dich ein Trau'rgewand,
Und gehe nicht zum Tanze,
Zu Tanz und Spiel, ins liebe Thal,
Zum Lorbeerhayn, im Sonnenstrahl,
Mit heiterm Blumenkranze.

Du liebes theures Vaterland!
Kein Rosenblatt, kein farbig Band
Schmückt meine blonden Locken!
Vor meinem Fenster steh' ich trüb,
Und wein' auf euch, die ihr so lieb
Mir winket, Blumenglocken.

Du liebes theures Vaterland!
Dann denk' ich, die er vor mir stand,
Und seiner heißen Küsse!
In seinen Arm, an seiner Brust!
Ach welche Wonn', ach welche Lust
Ich dir zu Liebe misse!

Du liebes theures Vaterland!
Was ich genoß und was ich fand,
Dank' ich ja deiner Liebe!
Es liebt der Mann dich nicht allein;
Dir darf sich auch das Mädchen weih'n
Mit heilig zartem Triebe!

Schlachtgesang

Feldherr.

Griechen! hoher
Väter Enkel!
Zieht die Schwerdter,
Laßt die Fahnen
Wirbeln, flattern
Durch die Lüfte!
Rasch wie schwarze
Wetterwolken
Stürzt und stürmt durch
Bäch' und Gründe!
Donnernd wog' aus
Tausend Kehlen
Kriegsgesang durch
Waldgeklüft und
Berg und Eb'ne!

Brüder! auf zur
Bergeshöh' dort!
Durch gekrümmte
Pfad' und wilde
Büsch' und wald'ge
Felsenrücken!
Droben hebt aus
Baumgelaube
Sich des falschen
Gottes Tempel:
Strebt auf grauen
Pfeilern, Säulen,
Unterm Grün im
Abendpurpur
Prächtig schimmernd,
Die Moschee auf!
Droben steht der
Unterdrücker,
Seinem Gotte
Tausend Menschen-
Opfer bringend:
Flammt aus wilden
Feuerschlünden,
Allzerstörend,
Flamm' und Kugel!
Stürmt den Bergpfad,

Brüder, auf mit
Raschem Schritt und
Kühnem Busen!
Stürzt die stolzen
Tempel nieder!
Wie vom Blitzstrahl
Eichenstämme
Niederdröhnen;
Fels und Boden
Ausgerüttelt,
Dem gewalt'gen
Riesenfalle
Wanken, zittern!

Griechen! hoher
Väter Enkel!
Zieht die Schwerdter!
Laßt die Fahnen
Wirbeln, flattern
Durch die Lüfte!
Donnernd wog' aus
Tausend Kehlen
Kriegsgesang durch
Waldgeklüft' und
Berg und Eb'ne!

Das Heer.

Wir nah'n! wir nah'n!
Durch Thal und Wald!
Hinan! hinan!
Die Stimme schallt!
Wir machen Bahn
Ohn' Aufenthalt!
Wir stürmen an!
Die Bergkluft hallt!
Mit kühner Lust,
Mit Riesenwuth,
Mit starker Brust,
Mit Löwenmuth!
Das Schwerdt erklingt!
Die Fahne fliegt,
Der Grieche dringt
Bergan und siegt!
Erwacht, erwacht
Zur alten Kraft,
Stürzt er zur Schlacht!

Und stürmend rafft
Er fort und fort,
Was widerstrebt,
Von Ort zu Ort,
Was ist und lebt!
Der Busen schwillt
Von Lust und Grimm:
Er raset wild:
Du büßest schlimm!
Denn wir sind frey
Vom Fesselband,
Wir alle frey,
Wie Meer und Land!

Die Trommel ruft!
Wir nah'n! wir nah'n!
Durch Wald und Kluft,
Hinan! hinan!
Das Schwerdt erklirrt!
Die Mündung blitzt!
Die Kugel schwirrt!
Das Blut entsprützt!
Auf Brüder! drängt
Und stürzt und brecht,
Und reißt und mengt,
Und haut und stecht!
Auf! Mann an Mann,
Und Roß an Roß,
Den Hügel an!
Werft das Geschoß!
Die Tanne dröhnt,
Die Fichte knarrt!
Gespalten stehet
Die Eich' und starrt!
Der Tempel fällt,
Und Stein an Stein,
Vom Feu'r erhellt,
Stürzt donnernd ein!
Es flammt! es blast!
Es lodert und rast!
Und furchtbar im wirbelnden, qualmenden Dampf
Verschwimmt und verschwindet der tosende Kampf!

Freyheitslied

Wie glänzt auf dem Berge die goldene Wolke
So heiter und lauter dem heiteren Volke!
Da wallen und schweben
Und küssen und weben
Die wankenden Bilder im wechselnden Tanz
Um silberne Stirnen mit rosigem Kranz!

Auf jähem Gebirge, durch grünende Matten,
An Strömen und Quellen, im kühlenden Schatten,
Zu Meer und zu Lande,
Am blumigen Strande,
Da schreitet der Grieche, so kräftig und kühn!
Es schwillt ihm der Busen im wachsenden Glühn!

Noch fühlt in den Tiefen, auf wolkigen Wegen,
Den schwellenden Geist er der Mutter sich regen,
Noch fühlt er in Liebe,
Mit sehnendem Triebe,
Mit heil'gem Verlangen, auf jeglicher Spur,
Geliebt sich an wärmender Brust der Natur.

Wo hoch um die dämmernden, ragenden Höhen
Des Adlers geschwungene Fittige wehen,
Um Kronen und Wipfel,
Auf felsigem Gipfel;
Der Wind durch die Eichen, die riesigen, saust,
Da wild der Malnotte, der kräftige, braust.

Wo mild auf das heitere Menschengewimmel
Und jugendlich quillet der lautere Himmel:
Die Ferne, geläutert
Und duftig erweitert,
Verschwimmt in des Meeres zerfließendem Blau,
Da geht der Korinther auf lächelnder Au!

Und unserem Auge, dem reinen, entfalten
Sich reicher, als allen, die ew'gen Gestalten,
In heiliger Stille,
In rauschender Fülle!
Wir sind's, die Geliebten! vom Ew'gen erfüllt!
Des Höchsten und Größten lebendigstes Bild!